禪心으로 나를 다스리는 노래

글 조정근
그림 이종만

禪
心

禪心으로
나를 다스리는 노래

해마다 하나씩
꼬박꼬박 받은 선물이 있습니다
'나이' 라는 선물입니다
그래 일흔 넷을 담았습니다
나는 평생 '교무教務' 로 살고 있습니다
그림을 그린 이종만 화백도
평생을 그림을 그리며 살고 있는 교육자이십니다
나와의 연緣은, 아주 옛날 학교 교실에서
스승과 제자라는 고리가 생겼고
그 고리가 백발이 되어서까지도
연연히 이어져 있으니, 이만으로도
선심禪心으로 나를 다스리는
아름다운 노래입니다.

목차

■ 맺음말

목차

禪心

나를 다스리는 노래

01 선심禪心으로
나를 다스리는 노래

지금까지 남을 향해 많은 말을 하고 살았습니다

못 미치고 가난한 말들이 많았습니다

그동안 토하듯 쏟아낸 말들을 주워 담아

이젠, 남과 외연外緣을 향해서가 아닌

나를 다스리기 위해 말하기로 합니다

지금은 특별히 하는 일도 없어 한가로운데

바깥의 말씀에 귀 기울임도 번거로움이라

마음속에 떠오르는 상념일랑

선심禪心과 시심詩心으로 노래 삼으니

이제는, 마음 놓고 산山이 되어

흐르는 물소리를 넉넉하게 즐길 수 있습니다

마음은 묘하게 싱그러워집니다

애써 지우지 않아도 돋아나는 건 이미 별입니다.

02 평생 지녀야 할 마음 하나

사람이 살면서 평생 지녀야 할 마음 하나 얻으면
세상에서 가장 소중한 것을 얻은 것입니다
내가 얻어야 할 마음 하나
그것을 나는 '하심下心' 이라 말합니다
마음을 아래로 내리기만 하면 은혜가 충만해집니다
하심을 얻지 못하면 껍질 인생을 살게 됩니다
하심이 없으면 돌멩이가 되어 팔매질을 하게 됩니다
하심이라야 기대보다 훨씬 더 크게 돌아오게 됩니다
하심은 스승님 무릎 가까이 있다고 배워지는 것도 아닙니다
하심은 훔쳐서라도 내 것을 만들어야 합니다
땅속 깊이 내린 물이라야 솟아 생수가 되지요.

03 입정^{入定}에 든 뒤 시작합니다

어떤 일을 시작하든지 '입정'에 든 뒤 시작합니다
입정에 들면 마음은 삼매^{三昧}의 상태가 됩니다
삼매란 산스크리트어 '사마아디'를 음역한 말입니다
선^禪을 제대로 하면 얻게 되는 정^定의 상태를 뜻합니다
정定은 지^止를 이룩했을 때의 마음상태를 말합니다
지극히 맑고(淨) 밝음(明)의 상태!
이가 곧 입정에 든 정의 상태입니다
참으로 입정에 들면 세상이 하나임을 알게 됩니다
부처의 몸(法身)과 중생의 몸이 하나임을 알게 됩니다
평등무이^{平等無二}한 삶이 진불^{眞佛}의 삶임을 알게 됩니다
한 길로 가는 길이 일행삼매^{一行三昧}임을 알게 됩니다
한 모습으로 사는 삶이 일상삼매^{一相三昧}임을 알게 됩니다
그 결과, 복잡한 세상사를 담담하게 취사^{取捨}할 수 있는
아름다운 사람으로 우뚝 서게 됩니다
맑고 밝은 섬 하나 마음바다에 두게 됩니다
일을 시작할 때 입정으로 시작하면 됩니다.

04 별들이 가득 찬 보따리를

나이 사십이면 보따리를 챙기라 하셨습니다
참으로 소중한 법문입니다
나의 보따리엔 무엇으로 가득 차 있는지
맑고 은은하여 꿈이 되고 희망이 된 별들!
그런 별들로 가득 찬 보따리였으면 합니다
어떠한 경계에도 물들지 아니하면 될 것입니다
어떠한 유혹에도 빠지지 아니하면 될 것입니다
어떠한 거래에도 얽히지 아니하면 될 것입니다
참 실력은 '물듦이 빠짐이 얽힘이' 없는 실력입니다
살면서 말을 주고받는 일들
돈을 주고받는 일들
마음을 주고받는 일들
그것들에 물들거나 빠지거나 엉키지 아니하면
죽음까지도 자유로이 거래하게 될 것입니다
나이 사십이면 보따리를 챙기라는 가르침은
참으로 소중한 법문입니다.

05 돌이 되어 흐르는
물소릴 들어 봐요

꽃이나 풀잎 보며 말없이 우뚝 선 돌은

오늘도 그냥 그 자리에서

백만 년도 더 된 커다란 그늘을

평평하게 깔고 있습니다

자연自然에 선善 아닌 것이 없습니다

진眞 아닌 것도 없습니다

사람이 돌이 된다는 것은

절대의 선, 절대의 진이 된다는 뜻입니다

너도 없고 나도 없게 된다는 뜻입니다

상대와 상대로 마주함을 넘어서게 되었다는 뜻입니다

절대와 절대가 마주하게 될 뿐이란 뜻입니다

우뚝 선 돌과 흐르는 물이 마주한 것처럼 말입니다

진리와 성인聖人이 마주한 것처럼 말입니다

그렇게 마주 하면 존엄과 순수의 기氣를 일으키게 됩니다

사람과 사람 사이에 이런 기만 일어나면

흥분할 만한 기적이 일어나게 됩니다

돌이 되어 변산 구곡의 흐르는 물소릴 들어 봐요

당나귀 소리라도 꾀꼬리 소리라도

일체가 상징이요 예언이요 법문입니다.

06 눈으로 볼 수 없는 것을 볼 수 있어야

한밤내 귀를 열고 마음의 파도소리를 듣습니다

사람이 산다는 것은 육근六根이 작용하고 있다는 것입니다

보고 듣고 느끼고 말하고 행하고

그리고 생각하고 하는 작용 말입니다

그러니 잘 살려면 그저 보고 생각하는 것으론 아니 됩니다

참으로 잘 보고 잘 생각해야 됩니다

그러려면 눈으로 볼 수 없는 근원을 볼 수 있어야 합니다

보이는 것들은 보이지 않는 것이 있기 때문입니다

물 위에 배가 보이는 것은 보이지 않는 배 밑이 있기입니다

형형색색의 천지만물도 보이지 않는 근원

'없이 된 그 자리'가 있어서 나투게 되는 것입니다

그래서 지허至虛는 지묘至妙요 진공眞空은 묘유妙有라는 말씀이

다 진리의 말씀이 되는 것입니다

마음을 지극히 비우면 근원과 실상까지 볼 수 있어서

무궁무진한 지혜가 쏟아져 나올 것입니다.

07 출발점의 전환을

성공하는 삶이자면 의식전환이 절대입니다
의식전환의 첫 번째는 출발점의 전환입니다
한 선상에 서서 한 방향으로만 달리다 보면
언제나 1등도 꼴찌도 하나일 수밖에 없습니다
달릴수록 신나는 사람은 1등 한 사람뿐입니다
의식전환의 두 번째도 출발점의 전환입니다
원을 그려놓고 안을 향해서만 달릴 것이 아닙니다
달릴수록 좁은 공간이라 부딪쳐 터지기 마련입니다
달리는 방향을 밖으로 바꾸어야 합니다
팔방으로 밖을 향해 출발해야 합니다
달리면 달릴수록 너르고 너른 공간이라
저마다 1등이 되기 마련입니다
밖으로 미래로 세계로 달려야 합니다.

08 참으로 해야 할 일들이 있지요

마음에 드리워진 아뜩한 벼랑 위에서

참으로 싸워야 할 일이 하나 있다면

그것은 자신을 이겨야 할 싸움이 하나 있습니다

참으로 찾아야 할 일이 하나 있다면

그것은 참을 찾아야 할 일이 하나 있습니다

참으로 만나야 할 이가 한 분 있다면

그것은 스승을 만나야 할 분이 하나 있습니다

어느 선각자는 말씀했습니다

"이승의 목숨이란 튕겨 놓은 하나의 줄(絃)"이라고

"피어 논 꽃으로 연연히 곱다가도 갑자기 시드는 것"이라고

"방울진 물로 분명히 여무지나 덧없이 꺼지는 것"것이라고

이를 빨리 눈치채야 합니다

목숨을 지니고 그저 사는 것이 사는 것이 아닙니다

정말 자신을 잘 보며 살아야 합니다

다 보려면 눈을 감고 보아야 다 볼 수가 있습니다

견(見)이나 시(視)가 아니라 관(觀)이라야 한다는 말씀입니다

관이 달라져야 참으로 해야 할 일들을 알게 됩니다.

09 스스로 자유케 할 힘과 슬기를

1945년 8월 15일, 일본이 항복했다는 소식을 듣고
땅이 꺼지도록 탄식한 한 선각자(金九)가 있었습니다
"한국 사람은 일본군을 물리치지 못했다
우리는 우리 힘으로 해방한 것이 아니다
남의 힘으로 해방된 것이다
이 날을 마음 놓고 기뻐할 수가 없구나!"
이 탄식의 참 뜻을 겸허하게 새겨야 합니다
스스로 해방할 힘도 슬기도 없는 나!
얼마나 초라한 나입니까
스승님께서 그토록 챙기신 정신수양도
스스로를 자유케 하는 힘과 슬기를 지니란 것입니다
자유케 하는 힘과 슬기라야
천지天地처럼 상相 없는 마음으로 은혜를 베풀게 될 것입니다
부처님처럼 사私 없는 마음으로 이웃을 섬기게 될 것입니다
부모님처럼 낯 없는 마음으로 사랑을 주게 될 것입니다.

10 거기 있어 부처인 것을

일터에서 하던 일을 다 마치고 원로수도원에 들던 날
선인의 글에 한마디 보태어 벽에 붙였습니다
"세상의 어지러운 소리 / 내 귀에 들릴까 하여 /
 흐르는 물을 시켜 / 산을 쌓으니 / 달마저 자취가 없어라."

수도원은 사방이 고요하여 낙원인 듯싶었습니다
헌데, 시간은 마술사였습니다
달마저 자취를 감추었건만 마음속 사연은 용케도 살아납니다
글 한 구절을 적어 이어 붙였습니다
"가슴 속 휘젓는 사연 / 내 마음 흐릴까 하여 /
 드나는 숨을 시켜 / 청풍을 불리니 / 휘영청 달이 밝아라."

다시, 휘영청 달이 밝으니 세상 모두가 부처로 보였습니다
내 마음엔 생기가 가득하여지고
그때의 시원한 마음을 적어 벽에 이어 붙였습니다
"하찮은 돌멩이마저도 / 눈부신 꽃이어라 /
 이 세상 모든 것 / 거기 있어 부처인 것을 /여긴 내가 있어라."

11 여긴 제가 있습니다

마음이 쓰이는 일이 일어나면 다짐하는 게 있습니다
"대종사님! 여긴 제가 있습니다."
"여긴 제가 책임지겠습니다."
다짐하고 또 다짐하면 서원이 되어 기氣가 어립니다
"여긴 제가 있습니다. 여긴 제가 책임지겠습니다."
이가 내가 토해 낸 영성의 소리였나 봅니다
그 뒤 일은 기적처럼 잘 되곤 하였으니 말입니다
'여기' 가 어디인가요, 여기의 1번지는 어디인가요?
내 마음이 1번지 딴 곳에서 1번지를 찾지 말아야 합니다
내 마음은 내가 책임져야 합니다
이 세상에서 제일 못 믿을 것은 바로 내 마음입니다
저이의 마음이거나 그이의 마음이 아닙니다
내가 내 마음을 믿을 수 없기에 수양이 필요한 것입니다
여긴 내가, 거긴 네가 있어 책임하면 되는 것입니다
정수리를 치면 천지개벽처럼 혈이 뚫립니다.

12 어찌 그리도 믿을 수 없는가

살다 보면 마음의 벽에 긁힌 자국이 여럿입니다
마음을, 어찌 그리도 믿을 수가 없을까요
버려야 할 것은 애지중지하고
애지중지해야 할 것은 버리기 때문입니다
버릴 것은 몽땅 땅바닥에 팽개쳐 버리어야 합니다
애지중지할 것은 목숨을 걸고 지키도록 하고요
이가 영성의 소식이라
그리되면 마음을 믿을 수가 있게 됩니다
영성의 소식은 법당을 통해서만 오는 것은 아닙니다
포대화상은 자신의 바랑을 땅바닥에 팽개쳐 버렸습니다
그래서 그의 함박웃음은 영성의 소식이 되었습니다
산타클로스는 자신의 바랑을 애지중지 끼고 살았습니다
그래서 그의 선물은 영성의 소식이 되었습니다
바랑을 팽개쳐야 합니다. 환히 웃을 수 있도록까지
보따리를 챙겨야 합니다. 주고 주어도 모자람이 없도록까지
내가 내 마음을 참으로 믿을 수가 있게 될 것입니다.

13 허공이 일러 주는 말씀

사람에 대한 회의가 극심할 때가 있습니다
일에 관한 갈등도 극심할 때가 있습니다
그때, 알음알이를 얻어내면 은혜로운 삶이 됩니다
일상의 보편적 방법이 힘이 되지 못하면
허공에 매달려 보세요
두렷한 허공을 얻게 될 때까지
그 때, 내가 얻은 허공은 나에게 일러 주었습니다

"너는 영원한 상생이요, 평화요, 희망이라."고

그 때, 허공이 일러 준 그 말씀은
내 마음속의 모든 소음을 사라지게 해주었습니다
내가 해야만 할 일을 찾게 해주었습니다
허공의 신비스러운 현존! 내 생명의 원천이었습니다
그 후 내게 주어지는 일터엔 상서로움이 펼쳐졌습니다
허공이 일러 주는 말씀은
두렷한 허공에 매달려야 들리는가 봅니다.

14 하심下心의 리더십

이 세상에서 가장 빼어난 리더십은
'하심의 리더십' 입니다
삶의 극적인 장면을 통해 이를 보여준 성자가 계십니다
예수님과 소태산님에게서 그 리더십을 봅니다
소태산님은 최후의 법문에서
"사람을 믿지 말고 법을 믿어라."시며
극명한 '하심의 리더십' 을 보여 주셨습니다
예수님은 최후를 앞두고 제자들의 발을 씻어 주며
"내가 너희에게 본보기를 보였으니
내가 너희에게 한 것처럼 너희도 그리 하라."시며
'하심의 리더십' 을 보여 주셨습니다
이를 익힌 사람이 바로 그 성자의 심통心通 제자입니다
자두마을의 큰 스님을 세상 사람들이 사랑하는 것도
진지 드시라 독상을 차려 주니
외롭다며 대중들의 상으로 수저를 들고 내려앉는
하찮은 일에서 그의 '하심' 을 보았기 때문입니다
'하심' 의 이 씨날에 날줄은 무얼 넣을까요.

15 공부인은 무엇으로 사는가

공부하는 사람은 심법心法 하나로 삽니다

좌산左山종사는 가장 수승殊勝한 심법, 두 가지로

하나는, 하나로 합하는 심법이요

둘은, 계교計較하지 않는 심법이라 했습니다

이런 심법이 나 자신의 심법이 되려면

맞서 대들고 싸워 이기는 용맹스러움이 있어야 합니다

성자들이 일생을 통해 설한 법의 핵심은

맞서고 대들고 싸워서 이겨내라는 것입니다

이를 일찍 알아차린 한 선각자는

"대일설對一說! 그래 맞서는 것뿐이지!"라고 소리쳤습니다

맞는 말입니다. 사실 맞서 싸워서 이기는 길뿐입니다

누구와 맞설 것이냐. 무엇에 대들어 이겨야 할 것이냐

다만 그것이 문제입니다

'나' 자신과 맞서고

'나' 자신에게 대들고

'나' 자신을 이겨내야 합니다

그때 수승한 심법도 자신의 것이 될 것입니다.

16 '나' 라고 하는 것이 무엇인가

'나' 라고 내세우며 자랑하고 우쭐대는 것이 무엇입니까
실은 별 것이 아닙니다. 탐욕과 진노와 치정입니다
이것 셋을 지니고 그것을 '나' 라고 내세우며
자랑하고 우쭐대고 있는 것입니다
맞서라는 것은 이것들, 삼독三毒과 맞서라는 것입니다
이기라는 것은 이것들 삼독을 이겨내라는 것입니다
탐진치, 이를 빼내야 심법心法이 제대로 자리하게 됩니다
치정을 끊는 것, 이것이 진짜 출가出家입니다
법복을 몸에 걸쳤다고 그것이 다 출가가 아닙니다
탐욕을 끊는 것, 이것이 진짜 성불成佛입니다
훈장을 탔다고 그것이 어찌 성불이라 하겠습니까
진노를 끊는 것, 이것이 진짜 제중濟衆이요 설법입니다
남을 가르친다고 벼락치듯 화를 내는 것이
어찌 설법이 되고 제중이 되겠습니까
진짜 출가, 진짜 성불, 진짜 제중이 절실합니다.

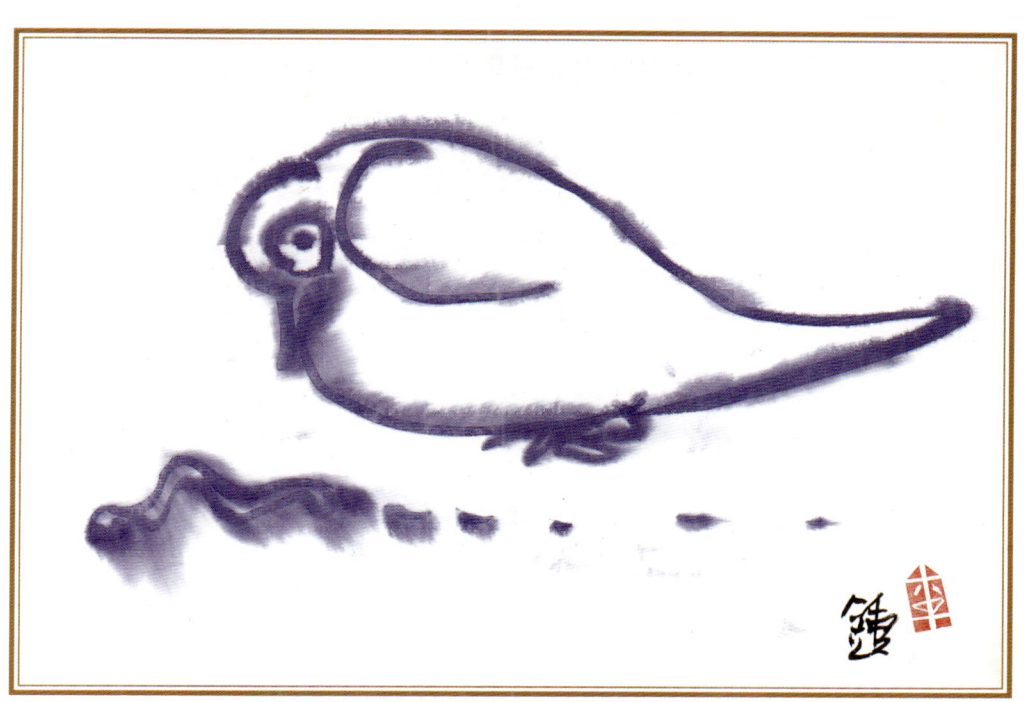

17 부처가 무엇이며
누가 부처이냐

부처가 무엇이며 누가 부처입니까
부처란 별난 것 같지만 사실 별난 것이 아닙니다
"부처가 무엇이냐? 부처가 별거냐? 죽는 것이 부처지."
이 말씀은 참으로 참 말이면서 무서운 말입니다
재미있게 사는 것 다 포기하고
죽는 것이 부처란 말은 생각할수록 옳은 말입니다
내가 즐기며 꿈꾸고 있는 곳이 실은 나의 감옥입니다
나를 가둔 감옥에서 탈출을 해야 합니다
사람은 자기를 가둔 감옥에 살면서도 눈치 채지 못합니다
그 감옥은 탐욕과 진노와 치정의 감옥입니다
어디에 따로 감옥이 있는 게 아닙니다
이 감옥의 빗장 열쇠를 누가 가지고 있을까요
그 누구도 가지고 있는 것이 아닙니다
마음속의 삼독심을 깔끔히 녹여 버리는 순간
그 감옥이 정토로 홀연히 나투게 되는 것입니다
'나'를 죽인 사람이 바로 부처인 것입니다.

18 지^知가 행^行이 되는 인격으로

지^知와 행^行, 두 사이는 얼마나 될까요

백지 한 장 사이입니다

그러나 백지 한 장이라도 눈을 가리면

앞을 못 보기는 철판 만 장이 가린 것과 매한가지입니다

앞을 보려면 백지 한 장마저도 치워 버려야 합니다

그런데 그 한 장 치우기가 참으로 수월찮은 일입니다

왜 그리 어려울까요

지에서 행으로 넘어 가기란 각^覺이 있어야 하기 때문입니다

각을 어렵게 하는 주된 원인이 있습니다

자기를 고정된 존재로 자리매김하는 것 그것입니다

왜 사람들은 끝내 자기를 붙들고 있는 것일까요

그것은 정신의 힘이 쇠퇴해졌기 때문입니다

정신의 힘을 기르는 공부가 수양입니다

지가 행이 되려면 수양을 해야만 합니다

저기 수양의 푸른 채찍 들고 지와 행이 달려옵니다.

19 나를 빠져 나가 봐요

자기를 빠져 나가는 경험은 소중한 경험입니다
집 밖에서라야 집이 다 보이듯이
자기를 빠져 나와 봐야 확실한 자기를 볼 수가 있습니다
괴壞와 도韜와 겸謙, 이 세 글자!
이는 내가 나를 빠져 나가는 실마리가 되었던 글자입니다
괴壞, 무너뜨릴 괴 자입니다
마음속에서 일어나는 사연들을 무너뜨려야 합니다
본래의 나가 아닌 것들은 다 무너뜨려야 합니다
무너뜨려야 대정大定을 얻게 됩니다
도韜, 감출 도 자입니다
약간 번쩍이는 것이 일어나면 깊이 묻어 두어야 합니다
큰 지혜는 빛을 감추어 새지 않게 할 때 터지는 것입니다
자랑하지 말고 감추고 묻어두면 대지大智를 얻게 됩니다
겸謙, 겸손할 겸 자입니다
사물에는 반드시 그림자가 수반합니다
그림자를 동반하지 않는 유일한 것 하나가 있습니다
겸손입니다. 겸謙하고 겸하면 대덕大德을 얻게 됩니다
괴와 도와 겸!
그 끝에 감겨오는 환희, 나는 알고 있습니다.

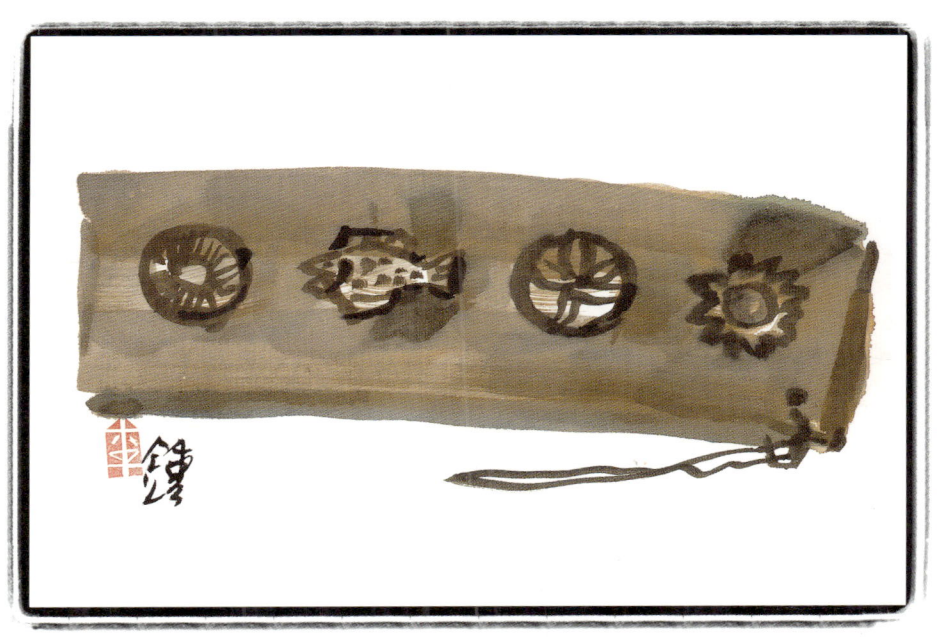

20 심혼에
불을 붙일 수 있는 능력을

사람들의 심혼에 불을 붙일 수 있는 능력!

이가 성자들이 지니는 능력입니다

그 능력은 어디에서 나오는 것일까요

사람들을 무엇으로 보는가에서 나옵니다

스승님께선 어떠한 사람이라도

천의天意를 감동시킬 요소가 있다고 보셨습니다

사람 하나하나를 부처의 종자로 보셨습니다

사람 하나하나를 희망으로 보셨습니다

사람 하나하나를 평등으로 보셨습니다

이가 심혼에 불을 붙일 수 있는 능력의 원천입니다

지금 물질문명은 그 세력이 날로 융성하고 있습니다

그러나 물질을 사용해야 할 정신은 쇠약해지고 있습니다

그러니 사람을 하잘것없는 이용가치로만 보려 듭니다

세상을 구할 뜻이 있다면 이를 범연히 할 수 없습니다

천의를 감동케 하는 정신개벽의 성사聖事가

곳곳에서 일어나 사람들의 심혼에 불을 붙여야 합니다

사람나무의 우듬지에 불을 환히 밝혀야만 합니다.

21 성현들은 이 세상에 왜 오셨나

스승님께 학인이 물었습니다

"성현들께서 왜 이 세상에 오셨는지 궁금합니다"

"너희들이 중생이 아님을 깨우쳐 주기 위해 오셨다"

나는 지금도 이 문답의 말씀을 늘 가슴에 안고 삽니다

중생이 아니면 무엇인가요

중생이 아니면 바로 부처입니다

스승님은 내가 생불生佛임을 깨닫게 하기 위해 오셨습니다

나는 다짐하며 외쳐 봅니다

"나는 생불로 왔다! 생불로 왔다!"

"너도 생불로 왔겠다! 생불로 왔겠다!"

자, 서로 아옹다옹 하며 세월만 허송할 것이 없습니다

서로가 서로를 생불로 대하도록 해야 합니다

바로 가까이 있는 분의 손을 잡아 봐요. 그리고 진정으로

"이제부터 당신님을 생불로 모시겠습니다"라고 해 봐요

집안에 상서로운 기가 가득할 것입니다

일터가 달라지고 세상이 달라질 것입니다

스승님을 모시면 큰 복이 돌아오는 이치가 이런 것입니다.

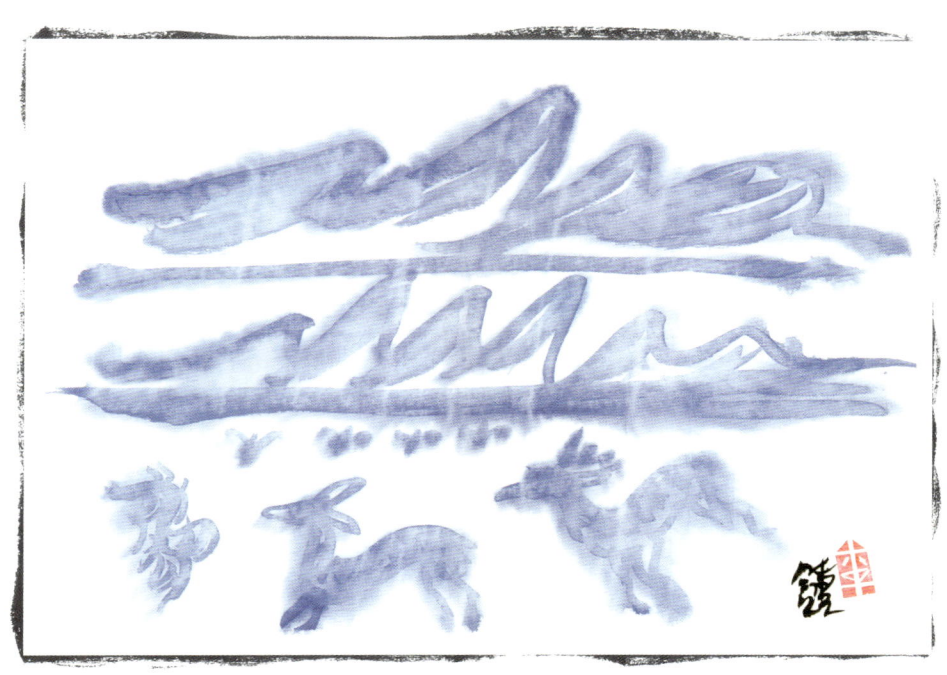

22 눈에 보이는 게
다가 아닙니다

지금 물질문화는 너무도 화려합니다
앞으로도 상상할 수 없으리 만큼 찬란할 것입니다
그런데 인간사 모두를 과학적으로만 분석하려 드니
인간도 자동차처럼 정비할 수 있다고 믿는 것 같습니다
세상살이에 눈에 보이는 것만이 다가 아닙니다
눈에 보이지 않는 것을 무시한 것이 인간의 오만입니다
그것은 풍요한 빈곤만큼이나 좋지 않은 것입니다
풍요란 남아돈다는 것이고 그것은 썩는다는 뜻입니다
썩으면 크게는 우주를, 작게는 지구의 질서를 파괴합니다
빈곤은 생활을 어렵게는 하지만 질서를 흔들지는 않습니다
이성과 과학만을 맹신하는 것이 합리주의가 아닙니다
지성이라 자처하는 이들까지도 물질지향의 삶에 편승하니
인간이 오만해질 대로 오만해진 것입니다
정신을 개벽하라 하신 스승님 뵙기가 참으로 민망스럽습니다
나는 사배를 올리기 위해 비극배우처럼 몸을 일으킵니다.

23 계속 쳐대야 할 북입니다

어떻게 하면 참된 사람이 될 수 있겠습니까
어떻게 하면 좋은 부모가 될 수 있겠습니까
어떻게 하면 좋은 제자, 좋은 스승이 될 수 있겠습니까
어떻게 하면 부처가 될 수 있겠습니까
어떻게 하면 참 열반을 맞이할 수 있겠습니까
"북을 쳐야지(해타고解打鼓)! 북을 쳐야지!"
참 사람이 되는 길도
아버지가 되고 어머니가 되는 길도
제자가 되고 스승이 되는 길도
그리고 부처가 되고 참 열반에 드는 길도
오직 한 가지, 북을 쳐야 한다는 한 선각자의 절규!
명쾌하고 단순하여 속이 후련해지는 가르침입니다
옛 사람들은 전장에서 마지막 돌진을 할 때에
북을 치고 나팔을 불면서 최후의 승리를 거두었습니다
우리가 날마다 걷고 있는 일상생활 역시
마음에서 일어나는 경계 경계가
적과 대면하여 싸우는 전쟁터라 할 것입니다
그러니 힘써 북치는 일, 계속 쳐대야 할 일입니다.

24 연꽃 부처님

초록 꿈에 갇힌 연못가에 앉아

옛 선인의 연꽃찬을 떠올린다

연꽃의 속대는 텅 비어 있어 좋아라

위아래가 하나로 통해 있어 좋아라

연꽃의 겉대는 넝쿨지지 않아 좋아라

바깥 것에 붙좇아 얽히지 않아 좋아라

연꽃은 물 가운데서만 피는지라

멀리서 바라만 볼 수 있어 좋아라

가까이서 매만지는 꽃이 아니어서 좋아라

연꽃은 멀리서 지켜볼수록

향기가 더욱 맑아 좋아라

아! 무언으로 설법하고 계시는

깨달음의 수정水晶!

연꽃 부처님!

사람농사의 일도 그리 되어야 하리

그리 되어야 하리.

25 어르신이 주신 소중한 가르침

어르신께서 주신 소중한 가르침이 있습니다

집안에 쟁송爭訟이 일어나는 것을 경계하라

불쌍한 사람을 능멸하거나 핍박하지 마라

말이 많은 것을 경계하라. 반드시 실수가 따른다

괴팍하고 편벽된 일을 하지 마라

허물없이 너무 가까이 하지 마라. 법 아닌 일을 도모하게 된다

어린 사람에게 악하게 대하지 마라. 쌓인 화를 입게 될 것이다

게으름을 편하게 여긴다면

집안의 법도가 이루어지기 어려울 것이다

은혜를 입으면 결코 잊지를 마라

모든 일은 반드시 넉넉하게 남겨 둘 것이 있어야 한다

나의 기쁜 일에 남이 질투하는 일이 생기지 않도록 처신하라

이익을 얻게 됨에 지름길로 말미암으려 하지 마라

남이 화를 당할 때 즐거워하는 마음이 생기지 않도록 하라

선한 일을 하였어도 알아주기를 바라는 것은 진정한 선이 아니다

여자를 보고 음란한 마음이 일어나면 아내와 딸을 생각하라

나쁜 짓을 저지르고 남이 알까 두려워하는 것은 참으로 큰 잘못이다

이런 말을 가볍게 여기지 말고 참고 참으며 세 번 생각하고 말하라.

26 신信은 부딪침과 만남을 통해서

죽은 나뭇가지에 오는 봄은 무슨 의미가 있는가

원망과 불신과 의혹 그리고 주견에 사로잡힌 마음이라면

성현의 말씀이 어느 곳에도 자리할 수 없는 것입니다

사람에 있어서 신信은 바로 생명입니다

종교인이면 더구나 말할 나위도 없습니다

사람이 신이 없으면 사람다운 삶은 기대할 수가 없습니다

성현도 "신이 없으면 설 수 없다(無信不立)"고 하셨습니다

신이란 무엇인가? 그것은 부딪침이요 만남입니다

부딪침이란 혼과 혼의 부딪침이요

만남이란 본질적인 만남을 말합니다

이런 부딪침과 만남이 주견과 집착에서 벗어나게 합니다

내가 가지고 있는 재주나 지식은 물론

나는 신이 서 있다는 자만마저도 버린 상태에서

부딪치고 만나야만이 신信의 참 기쁨을 맛볼 수 있습니다

처음 출가하여 경經은 보지 말라 함에 경상까지 없애고도

추호의 불평이 없었다는 정산鼎山종사야말로

혼과 혼의 부딪침이요 본질적인 만남의 표준입니다

산 나뭇가지라야 봄은 의미가 있습니다

초록빛 새잎은 세상의 모든 것에 앞섭니다.

27 원불圓佛의 미소

숨차게 오르던 산길 문득 벼랑되고

그 벼랑 아득하여 푸른 현기증나는 삶이지만

사람은 늘 자기 얼굴을 조각하며 삽니다

나이 40이면 자기 얼굴에 책임을 져야 한다는 말씀은

살아 있는 경전의 말씀입니다

어떤 것에도 잡혀 있거나 걸림이 없는 사람

무애융통無礙融通하고 자유자재하여 참 자유인이 된 사람

그 사람이라야 자기얼굴에 책임을 질 수 있을 것입니다

참 자유인! 생사고락에서 벗어나고, 급기야

벗어났다는 것마저도 벗어나 버린 자유자재의 사람!

삶 가운데지만 그토록 흔적이 없는 자유인!

아무도 그를 알아볼 수가 없게 된 그분이 참 자유인입니다

얼핏 보면 종교는 자유를 속박하고 권위만을 세우는 듯하지만

이는 성인 정신과 먼 것으로 진리에 반하는 무의미한 것입니다

성자의 가르침은 은혜와 자비와 사랑의 실천으로

이 세상 모든 이를 참 자유인이게 하는 데 있습니다

성자의 가르침은 하늘마음으로

송대松臺의 창문에 처음 그린 얼굴

그 얼굴에 숨겨둔 원불圓佛의 미소에 있습니다.

28 그는 분명한 성자요 참 자유인

"사람의 과오를 몇 번이나 용서하오리까"

"일곱 번을 하오리까"

"아니다. 일곱 번을 70배까지 하여라"

성자의 가르침입니다

일찍이 스승님께선 탈선한 동지를 힐책하는 대중에게

"곽란이 난 사람으로 여겨라"

"맥 짚어 침 한 방을 튕겨 주면 되느니라" 하셨습니다

성자들이 보이심은 은혜와 자비와 사랑입니다

은혜와 자비와 사랑으로 세상을 다스리는 사람은

그는 분명한 성자요 참 자유인이십니다

이 목숨을 위하여 무엇을 할까

이 몸을 위하여 무엇을 먹을까

이 권속을 위하여 무엇을 가질까

이런 것들, 높은 가치의 차원에서 수용할 수 있어야 합니다

사물에도 빈부에도 담담하고 당당하여 걸림이 없는 자유인!

그가 나의 사표師表입니다

그가 나의 푸르고 영험한 희망입니다.

29 가장 먼 거리는
머리에서 가슴

스승님께서 지도자가 지녀야 할 덕목을 주셨습니다
지도받는 사람 이상의 지식을 갖추라는 덕목입니다
지식이란 무엇입니까
앎이 다 지식이라 할 수는 없는 것입니다
앎이 지식이 되려면 몇 가지 조건을 갖추어야 합니다
알고 있는 바가 참이란 것을 믿는 신념이 있어야 합니다
그리고 그것은 반드시 참이어야 합니다
그리고 참이라고 하는 증거를 댈 수 있어야만 합니다
이 세 가지 조건을 갖추어야 앎이 지식이 될 수 있습니다
내가 알고 있는 것들, 검불 같은 것들이 얼마나 많습니까
지도자의 반열에 서면 우선 지식이라 할 수 없는 잡다한 것들
그것들을 앞세우는 일부터 치워버려야만 합니다
세상에서 가장 먼 거리는 머리에서 가슴까지입니다
앎이 감동을 주기란 희귀하다는 말씀입니다
머릿속에 그냥 쑤셔 넣은 것들이 다 참된 것은 아닙니다
참이 아니면 가슴을 흔드는 감동으론 올 수가 없는 것입니다.

30 아이가 태어날 때
주먹을 쥐는 뜻은

사람들은 사람들을 무엇으로 보고 있나요

서로 물체처럼 보며 살고 있지는 않는지요

아무런 관계가 없는 돌멩이처럼 말입니다

서로 식물처럼 보며 살고 있지는 않는지요

교류가 없는 나무들처럼 말입니다

서로 동물처럼 보며 살고 있지는 않는지요

대하면 우르릉대고 경계하며 사는 짐승들처럼 말입니다

이런 관계에서 은혜로운 사회를 기대할 수 있겠습니까

아이는 태어날 때 두 주먹을 불끈 쥐고 태어납니다

손을 펴고 나오는 아이는 모두 죽은 아이입니다

아이가 태어날 때 두 주먹을 불끈 쥐고

제 어미와 함께 죽을 폭 잡고 힘을 다함은

세상은 그리 살아야 한다는 최초법어입니다

만물은 함께 힘써 도우며 살기 위해 있는 것입니다.

31 '함께' 를 이끌어 내야

무슨 일을 잘하려면 구성원 모두가 함께해야 합니다

'함께!'

함께하려면 그 공동체에 공동목표가 있어야 합니다

공동목표를 세울 줄 아는 것이 지도력입니다

그 목표를 구성원들이 공유할 수 있게 함이 지도자의 능력입니다

이런 능력이 없는 사람이 리더로 있는 공동체는 어두워집니다

'함께' 를 이끌어 내려면 구성원들의 개성이

공동체의 활성화에 저마다 역할할 수 있도록 되어야 합니다

개성과 역할!

이 두 가지는 동전의 양면과 같은 것입니다

개성을 무시하고 역할만 강조해서 성과를 내려는 공동체!

역할은 무시하고 개성과 인화만 중시하는 공동체!

그 공동체는 구성원들도 느끼지 못하는 사이 어두워집니다.

32 원공圓公은 누구신가

원공은 '열린 마음'이시다
언제나 마음을 열고 사시는 분이다
깨달음이란 마음의 열림을 경험했다는 뜻이다
열린 마음은 넉넉하고 한가로운 마음이다
거기엔 희망이 있고 유머가 있다
열린 마음은 어두운 곳에서도 사람을 찾아나선다
신이 사람을 찾듯 어려운 사람을 잘도 찾는다
아! 원공님은 열린 마음이시다

원공은 '편안한 마음'이시다
편안함은 동심이요 동심은 하늘마음이다
하늘마음은 가짜와 섞임이 없는 순수함이다
순수는 밝음이라 그 속엔 언제나 평화가 넘실거린다
세상엔 무엇에 속을까봐 무엇을 떼일까봐
불안에 떨고 있는 이들이 얼마나 많은가
불안을 떨치면 모든 형식에서 벗어나 편안해진다
아! 원공님은 편안한 마음이시다

원공은 '한 살림' 이시다

하늘의 입장에서 보면 만물은 모두 하나이다

어머니가 되고 보면 자식들 그 누구도 한 사랑이다

사람이 마음을 텅 비우면 그 속에 영기靈氣로 가득 찬다

그래서 진리와도 통하고 이웃 종교와도 넘나든다

일체가 한 권속으로 상생의 기가 감돈다

풀 한 포기가 다쳐도 내 몸처럼 아파한다

아! 원공님은 한 살림이시다.

33 네 가지 기氣를 나투는 삶

선심禪心으로 사는 사람은 네 가지 기를 나툽니다

첫째가 도기道氣입니다

마음을 정갈하게 비우면 도기가 양성됩니다

도기는 언제 어디서나 진정으로 하게 하는 힘입니다

도기라야 정각정행正覺正行의 삶이 따르게 됩니다

둘째는 덕기德氣입니다

사물을 거칠지 않게 대하면 덕기가 양성됩니다

덕기는 어떠한 상황에서도 넉넉하게 하는 힘입니다

덕기라야 지은보은知恩報恩의 삶이 따르게 됩니다

셋째는 법기法氣입니다

나를 다스리고 다스리면 법기가 양성됩니다

법기는 도리는 다하되 아님에 끌려가지 않는 힘입니다

법기라야 불법활용佛法活用의 삶이 따르게 됩니다

넷째는 영기靈氣입니다

자랑하고 싶은 것 멈추고 멈추면 영기가 양성됩니다

영기는 정법正法을 대하면 환희심을 일으키는 힘입니다

영기라야 무아봉공無我奉公의 삶이 따르게 됩니다.

34 진리만을 상대하면

충무공은 사람을 상대로 하고 살지 않았습니다
오직 진리만을 상대하고 살았습니다
그렇기에 찬양과 모략에 흔들리거나 꺾이지 않았습니다
그렇기에 백전백승을 할 수가 있었습니다
그렇기에 백의종군도 할 수가 있었습니다
사람을 상대로 하고 살았다면 그 질투와 모략에
그도 꺾이고 나라도 빼앗기고 말았을 것입니다
사람을 상대로 하고 살았다면 그 인기와 찬양에
그도 교만해져 결국 꺾이고 말았을 것입니다
일을 하되 근원에 뿌리를 두고 해야 합니다
근원에 뿌리하면 진리의 가호가 있습니다
일이 되는 것 같지 아니해도 쉬이 되어지는 것입니다
결국은 기적 같은 일이 일어나는 것입니다
근원에 뿌리하면 기적 같은 일이 일어나는 것입니다.

35 미래세계는 어떤 세계인가

겨울 지나 돌아온 환한 봄날

돌아온 따스한 봄바람이 붑니다

돌아오는 세계, 미래세계는

한말로 말하여 일원세계一圓世界입니다

일원세계란 어떤 세계인가

'원만한 세계'가 그 본질입니다

원만한 세계는 도학과 과학이 병진하는 세계를 말합니다

일원세계는 또한 '하나의 세계'가 그 본질입니다

하나의 세계는 장벽이 없어 사통오달하는 세계입니다

일원세계는 '정의情誼의 세계'가 또한 그 본질입니다

정의의 세계는 보은 감사로 은혜가 충만한 세계입니다

일원세계는 '균등의 세계'가 또한 그 본질입니다

균등의 세계는 인권이, 교육이, 생활이 평등한 세계입니다

이런 세계를 이룩하는 데 주인인 자는 참으로 선각자입니다.

36 거룩함을 낳는 모태

누구를 사랑하는 동動도

마음이 담겨지지 않는 정靜도 순간순간의 어지럼입니다

일상적인 삶이란, 동動과 정靜의 연속이지만

잘사는 삶이란, 동정일여動靜一如의 삶입니다

나는 이러한 각성을 하게 되면서

악성 베토벤을 좋아하게 되었습니다

베토벤은 56세란 짧은 일생을 살았습니다

그것도 철저하게 듣지 못하는 귀머거리로 반생을 살았으니

그의 일생은 동動(聽)과 정靜(不聽)이

반반으로 나누어진 삶이었습니다

지금도 세계에서 가장 많이 불려지는 노래는

그의 '평화의 노래' 라 합니다

내가 좋아하는 곡은 교향곡 제5번 '운명' 입니다

그가 교향곡 4번을 단숨에 쓰고 난 뒤

5년이란 긴 침묵 후 나온 곡입니다

완전히 들리지 않는 절대적인 침묵의 대정大靜 속에서

큰 용틀임, 대동大動을 일으킨 곡입니다

'운명' 이란 교향곡은 그렇게 탄생되었습니다

거룩한 작품은 절대적인 침묵이, 입정入定이 그 모태입니다.

37 자신이 문제가 되어야

사람은 각기 자신이 문제가 되어야 합니다

자기를 문제 삼고 있는 이는

그것만으로도 성불成佛에 뿌리를 내린 것입니다

불성佛性이란 대리 불가능의 절대적 '나'라고 보면 됩니다

그러기에 자기를 문제 삼고 자기가 자기를 다스려야 합니다

어렵게 생각 말고 쉬운 일부터 시작하면 되는 일입니다

말하는 일, 밥 먹는 일, 잠자는 일부터 시작하면 됩니다

날마다 반복되는 일상적인 일부터 시작하면 됩니다

거기에서 모든 문제가 풀리기 때문입니다

일상적인 일이 풀리면 능히 생사문제도 풀립니다

자신의 일상생활을 자신이 다스리면

거기가 낙원이요 불법佛法이지

따로 낙원과 불법은 없습니다

불법과 낙원은 유별나고 특이한 곳에 있는 것이 아닙니다

불법은 자기가 자기를 다스려 보라는 법입니다

자기가 자기를 다스리면 아무 문제가 없게 됩니다.

38 종교의 건강 상태

요즈음 사방에서 들려오는 소리가 있습니다
종교도, 종교인도 건강진단을 받아야 한다는 소리입니다
신앙의 열기가 높으면 높을수록
삶의 행진은 평화의 행진이어야 한다는 소리입니다
성자들은 한결같이 말씀하셨습니다
자신의 영토에서부터 먼저 비평화적인 것을
없애야 한다고 말씀하셨습니다
마음에 파도가 일 때마다 숨을 깊이 쉬어 보세요
한숨 내쉬고 또 한숨 내쉴 때마다
"법신불 사은이시여! 저 여기 있습니다" 하면서
나는 날마다 심고를 올리며 마음을 가다듬습니다
경전을 봉독하고 법문을 받듭니다
그러나 그가 평화의 행진이 아니면 무슨 소용이 있겠습니까
수행은 결국 평화와 상생과 희망으로 증거되어야 합니다
종교의 가장 건강한 상태는 평화, 상생, 희망의 상태입니다.

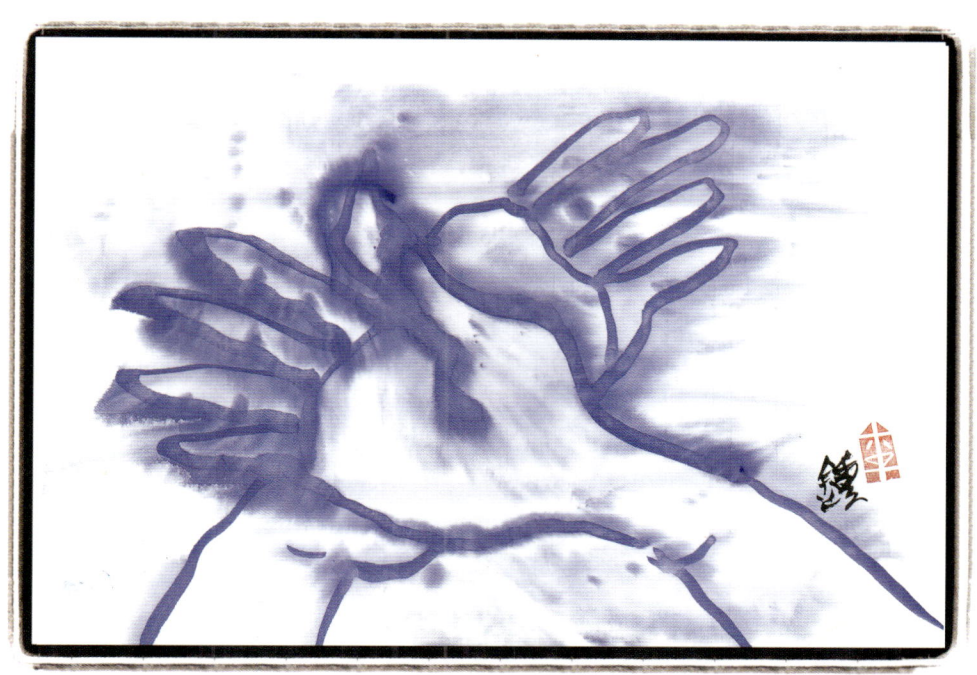

39 땅의 본심

한강변 난지도, 상암동의 쓰레기 산을 생각합니다
지금은 숲이 울창하고 대경기장이 들어섰습니다
그 더럽던 쓰레기 산에 말입니다
땅의 본심은 무엇인가. 자정능력인가!
죽은 시체에 생명력을 불어 넣어 다시 살리는 능력!
이것이 바로 땅의 본래 마음, 지심地心입니다
이것이 바로 땅의 능력이고 땅의 본심입니다
지심은 바로 천심天心이요 천심은 바로 인심人心인데
아무리 보아도 지심과 멀어진 사람들의 마음
그 가난해진 인심을 극복하는 길을 찾아야 합니다
지심 같은 자정능력을 회복하면 되는 일입니다
사람에게 있어서 자정능력은 바로 수양력입니다
종교도 천심天心을 잃지 아니해야 생명력이 지속됩니다
자정능력을 잃지 아니해야 생명력이 지속됩니다
이 아침, 한강변 난지도의 쓰레기 산에서
고층빌딩의 실루엣을 발 아래 두고
평화의 새가 하늘 높이 치솟고 있습니다.

40 서원하고 서원하는 것은

진리의 위력을 얻도록까지 서원하고 서원하는 것은
말은 꺾어 버리고 침묵을 배경으로 하는 서원을 말합니다
침묵을 배경한다는 것은 말이 아닌 뜻으로 한다는 것입니다
형식이 아닌 실행으로 한다는 것입니다
그것이 아니면 모두가 허사요 거짓이 되기 때문입니다
진리와 나 사이에 말이 아닌 침묵으로써
눈은 지그시 감고 입은 한일자로 다물고
두 손을 합장하여 가슴이라 하는 양심의 주머니 위에 놓고
어떠한 중간의 소개꾼도 배제하고
법신불 일원의 진리와 직통으로 하는 약속
이것이 서원입니다. 서원의 위력은
모든 것을 한결같이 살려내는 위력으로 나투게 되고
모든 것을 한결같이 길러내는 위력으로 나투게 되고
모든 것을 한결같이 감싸내는 위력으로 나투게 됩니다
그래서 사람도 살리고 일도 살리고 물건도 살려
끝내는 법도 살려내는 위력으로 나투게 됩니다
이런 위력을 나투며 사는 이가
이 시대의 영적 지도자요 스승이십니다.

41 업보중생인가

너무 나약하게 사는 사람들이 많습니다

그저 자신은 업보중생이요 죄인이라는 것입니다

이런 생각들은 하나의 망념이고 어둠에 대한 집착입니다

성품은 본래 무일물無 一 物이라 선도 없고 악도 없습니다

그러기에 본래 죄라는 것도 악이라는 것도 없는 것입니다

죄가 있으면 참회하고 용서를 빌면 됩니다

밝고 씩씩한 마음을 일으키려고 신앙을 하는 것입니다

마음에 걸리는 바가 있으면 간절히 참회하고 서원을 세우세요

거기에 타력이 합해지고 법신불의 위력이 나투게 됩니다

원불교의 9인 성인들도 벽촌에 태어난 촌뜨기가

감히 새 도덕을 창조할 수 있겠는가라는 어둔 생각이었다면

'백지혈인白指血印'이라는 기적을 나툴 수 있었겠습니까

뭇 생명 중에서도 부처되는 사람의 몸을 받았습니다

참으로 소중한 사람인 것을 다시 각성해야 합니다

나는 하찮은 존재라는 생각들을 떨쳐 버리고

나는 존귀하다. 내 속엔 보물이 가득 차 있다

그러니 그 보물을 끄집어내어 세상에 유익을 주리라

이러한 기도를 하며 결단을 하는 이가 참 신앙인입니다

여기저기 우담화優曇華가 피어나고 있습니다.

42 나만 못한 것은 없습니다

돌멩이 하나를 봐요

수양을 수십 년간 한 사람이라도 그 묵묵함에 있어

돌멩이 하나를 따라갈 수 있겠습니까

무심코 밟고 다니는 흙을 생각해 봐요

성직자로 수십 년간 헌신한 사람이라도 그 두텁기에 있어

흙을 따라갈 재주가 있겠습니까

이 세상에 나만 못한 것은 없습니다

일체에 머리를 숙인 사람만이 진실한 신앙인입니다

이를 '처처불상 사사불공'의 신앙이라 합니다

일체를 스승으로 대하는 생활이 바른 신앙생활입니다

그러나 스승을 모셨는데 그가 함정이 되는 경우도 있습니다

스승이 자꾸 커 가더니 법신불 사은도 희미해져 버린다면

바로 그것이 함정인 것입니다

여러 성자와 만나게 해주고 급기야 진리와 만나게 해주는 스승

그런 분이 바른 스승입니다

내가 모시는 스승님만 커 보이고 법신불도 작아져 버렸다면

그것은 함정이니 빨리 벗어나야 합니다

정당한 신앙과 수행이 아니면 결국 재앙에 빠지게 됩니다.

43 불법수행의 진수

대해탈의 길, 대자유의 길은 어디에 있을까요

맡은 바 일을 최선을 다해 감당해 낼 때 열립니다

해탈과 자유에 방해된다며 결혼한 것도 후회하고

자식을 낳은 것도 후회하고 직업을 가진 것도 후회하고

그래서 그런 것들을 다 끊어 버림이

해탈이나 자유의 길이 아닙니다

만약에 불법佛法이 그러한 거라면

세상에 없어져야 할 법은 불법입니다

맡은 바 일을 최선을 다해 감당하는 법이 불법입니다

최선을 다하면 역경도 은혜가 되지만

마지못해 하면 순경도 재앙이 따르기 마련입니다

그일 그일에 최선을 다하면 해탈도 행복도 거기에 있습니다

이를 '무시선無時禪'이라 합니다

최선이란 일심이고 알음알이입니다

가정도 직장도 일심으로 알음알이로 감당해 버리면

성공도 대해탈도 대자유의 길도 열리게 될 것입니다

이가 불법수행의 진수입니다.

44 심계^{心戒}를 지님은 영성을 가꾸는 일

사람은 심계를 지녀야 합니다

계^戒는 인생을 잘살게 하기 위해 성자가 주신 등불입니다

심계는 스스로 지니는 자신의 등불입니다

밤에 길을 가다가 불이 없으면 넘어져 다리가 부러지듯

마음에 등불이 없으면 인격이 무너지고 인생이 부러집니다

나에겐 두 가지 심계가 있습니다

하나는, 마음에서 일어나는 사연을 대하는 심계로

'모든 사연을 영^零 (일원상)으로 곱해 버리라.' 입니다

둘은, 밖에서 만나는 인연을 대하는 심계로

'모든 인연을 조불조성^{造佛造聖}의 연緣으로 삼아라.' 입니다

나는 나의 심계를 놓치지 않으려고 때론 안간힘을 씁니다

불공을 하면 모든 존재가 새롭게 태어납니다

약한 자는 강해지고 강한 자는 부드러워집니다

불공한다는 것은 불공하는 대상을 살린다는 의미입니다

불공은 불씨와 같은 것입니다

불씨가 작다고 돌보지 않으면 금방 사라집니다

불공은 절로 되는 것이 아니라 불씨를 가꾸듯 해야 합니다

작은 불씨를 가꾸듯 하는 것이 바로 영성관리입니다

심계를 꾸준히 가꾸는 일이 바로 영성을 가꾸는 일입니다.

45 말 없음으로써
평화를 생산하는

말 많고 걱정 많은 것처럼 해로운 것은 없습니다

말이 많은 것은 수행이 모자란 탓입니다

수행이 높으면 언제나 지혜가 빛나고

신앙이 깊으면 어디나 은혜가 넘칩니다

수행만 있고 신앙이 없거나, 신앙만 있고 수행이 없으면

이는 불법의 대도는 아닙니다

자력과 타력의 아우름이 불법의 대도입니다

진리를 깨달으면 맑은 마음이라 마음에 걸림이 없습니다

진리를 믿어 생명을 얻으면 밝은 몸이라 가릴 것이 없습니다

마음에 걸림이 없으면 청풍이요

몸에 가릴 것이 없으면 명월입니다

진리를 깨달은 기쁨은 자아로 거듭나는 기쁨이요

자아로 거듭난 기쁨은 무無를 드러내는 기쁨입니다

무無(眞空, ○)에 도달한 기쁨 없이 생生의 기쁨은 없습니다

유有(妙有, 삶)로 열리는 즐거움 없이 명命의 기쁨은 없습니다

생과 명으로서의 기쁨과 보람이 아우르면 상독로常獨露입니다

상독로! 상독로래야 말 없음으로써 평화를 생산합니다.

46 왜 떠나게 되었을까

'왜 불교는 인도를 떠나게 되었을까?'

이는 황금을 주고도 못 얻는 값비싼 화두입니다

부처를 부처로 모시지 않고 신으로 모신 데 있다합니다

지나치게 형식주의로 흐른 데 있다합니다

과거의 브라만과 차이가 없어져 버린 데 있다합니다

출가들만의 불교가 되어버린 데 있다합니다

해탈만 주장하는 종교가 되어버린데 있다합니다

그러니 민중이 외면하며 불교를 떠나 버렸다합니다

불교를 국교로 한 '마우리아' 왕조의 공로와 함께

그 일탈의 원인을 직시해야 합니다

세존은 절대적인 신을 통하여 구원받을 수 있음을 부정했습니다

전통적인 잘못된 인습과 사회적인 모순을 단호히 부정했습니다

마음을 닦아 진리를 깨치라는 개벽의 법을 설파 했습니다

그런데, 세월이 흐르면서 부처를 신으로 모시더니

'교단'은 힘이 세지고 돈은 쉽게 들어와 풍요해지고

많은 승려들은 해탈에만 입맛을 들이더니

불교는 정작 인도를 떠나게 됐습니다

어찌하면 다시 인도에서 불법을 일으킬 수 있을까요.

47 신앙심은
짜내는 것이 아니다

신앙심은 터져 나오는 것입니다

물도 터져 나와야 생수입니다

웃음도 터져 나와야 기쁨입니다

말도 터져 나와야 말씀이 되고 법문이 됩니다

신앙심이 터져 나오려면 믿음이 서야 합니다

이 세상에 진리가 있다는 믿음이 서야 합니다

이 세상에 인간의 고통을 벗어나게 해주는

가르침이 있다는 믿음이 서야 합니다

불법에선 무아無我와 연기緣起를 그 가르침으로 합니다

무아란, 만물은 고정된 실체가 없이 '비어 있다' 는 뜻입니다

'비어 있다' 는 것은 허무하고 완전한 없음이 아니라

만물의 본성, 그 영성靈性은 '에너지' 임을 뜻합니다

연기란, 만물이 독존하되 독립적으로 존재하는 것이 아니라

상호윤회하고 의존하며 존재한다는 뜻입니다

세상의 진정한 모습을 밝혀서

인간의 고통을 벗어나게 해주는 가르침을

불법에선 제행무상諸行無常, 제법무아諸法無我라 가르칩니다

색즉시공色卽是空 공즉시색空卽是色이라고도 가르칩니다

이 가르침에 대한 믿음이 신앙심을 터져 나오게 합니다.

48 진정으로 하는 것뿐

진리가 어떻고 진실이 어떻고 말이나 글로 하는 것은

실은 다 모자라고 껍데기에 불과합니다

은혜롭기 한이 없는 마음으로 인연에 얽매이지 아니하고

이웃과 고락을 진정으로 같이 나누는 것이라야

원만구족한 것입니다

이는 오직 진정으로 하는 것뿐입니다

진정으로 하는 것만이 대자대비大慈大悲요

무유무립無遺無立이 되는 것입니다

모두를 한결같이 사랑하고 한결같이 세운다는 말씀입니다

진리와 진실을 앞세운다고 되는 일이 아닙니다

이웃을 감화시키고 사람의 영혼을 바로 세워주는 일은

자리의 고하에 달린 일이 아닙니다

어떻게 살고 있는가만이 문제될 뿐입니다

낯 없이 진정으로 하시는 분만이 참 스승이기 때문입니다

산모가 어린 아이를 낳으면 절로 젖이 나오듯이

진정으로 하면 진리도 진실도 거기 절로 나투게 됩니다.

49 문을 닫으면 깊은 산속

깊은 산속은 꼭 산에만 있는 것이 아닙니다

폐문즉시심산^{閉門卽是深山}이라 했습니다

문을 닫으면 이가 곧 깊은 산속이란 말씀입니다

불법에서 폐문이라 함은 육근^{六根}의 문을 닫는다는 뜻입니다

안^眼 이^耳 비^鼻 설^舌 신^身 의^意 이 육근을 닫는다는 뜻입니다

눈 귀 코 입 몸 마음을 닫으면 거기가 깊은 산속이라는 뜻입니다

참으로 깊은 산속에 들고자 하면 육근을 닫을 수 있어야 합니다

정토^{淨土}는 어디에 있습니까

독서수처정토^{讀書隨處淨土}라 했습니다

책을 읽으면 어디에서나 마음은 깨끗해진다는 말씀입니다

불법에서 토^土라 함은 마음을 뜻합니다

정토는 염토^{染土}와 상대되는 말로 깨끗한 마음을 뜻합니다

정토는 본래 맑아 물들 수 없는 마음입니다

물들지 않은 마음이 아니라 '물들 수 없는 마음' 말입니다

그 마음이 우리의 본성이요 성품 그 자리입니다

삼매^{三昧}의 경지요, 선^禪으로 얻고자 하는 자리입니다

독서삼매에 들어도 정토에 이를 수가 있습니다

하물며 송경삼매^{誦經三昧}에 들면 더할 나위가 있겠습니까.

50 행복한 인생을 원한다면

인생이란 수많은 이야기를 만들어 가며 삽니다
사람들에겐 개개인의 다른 이야기가 있습니다
슬픈 이야기도 있고 감동적인 이야기도 있습니다
듣고 있노라면 저절로 행복해지는 이야기가 있는가 하면
내가 그 주인공이 아닌 것이 다행인 이야기도 있습니다
많은 이야기 가운데 아름다운 이야기가 제일 좋습니다
순수한 사랑의 이야기가 아름답습니다
관용하는 이야기가 아름답습니다
죽음이란 두려움마저도 주물러버리는 이야기가 아름답습니다
행복과 불행을 말할 수 있는 관계의 이야기가 아름답습니다
'사랑, 관용, 두려움, 관계'
누가 이를 '인생수업'의 내용이라 했던가. 직관력이 부럽습니다
슬픈 이야기, 추한 이야기, 부끄러운 이야기는 만들지 맙시다
아름다운 이야기만을 만들어 가기에도 인생은 너무 짧습니다
행복한 인생을 원한다면 아름다운 이야기를 만들어 가면 됩니다
후회 없는 이야기를 만들어 가면 됩니다
이제부터라도 아름다운 이야기 모음집 같은 인생이 되시라.

51 법안^{法眼}이 열리는 순간

법안이 열리는 순간에 두 가지 일이 일어납니다
무아^{無我}의 체험과 사명^{使命}의 발견입니다
한 성인^{聖人}과 그의 제자들의 이야기가 생각납니다
10일간의 금식 기도를 마치고 저자 길을 통과할 때였습니다
제자 중의 하나가 상인이 파는 죽을 막 퍼먹기 시작했습니다
곧 주변은 정죄^{定罪}하는 분위기였고 죽을 퍼먹은 제자는
이제는 쫓겨났구나! 하는 절망감에 사로잡혔습니다
그때 그 성인은 죽을 파는 좌판에 뛰어 들어
"나도 배고파 죽을 뻔했다. 야! 너희들도 와서 먹자"
곤경에 처한 고독한 제자의 자리에 같이 서 준 것입니다
이것이 무아의 체험이며 열린 법안의 본질입니다
길(道)에는 세 가지 길이 있습니다
하나는 다니는 길입니다. 사람과 배 비행기도 다니는 길입니다
둘은 사람으로서 걸어야할 도 곧 사람이 지켜야할 길입니다
셋은 어떤 일을 이루기 위한 방법과 수단을 말하는 길입니다
그런데 죄인이 성자가 되고 원망이 감사와 은혜가 되고
지옥이 낙원이 되는 4차원의 길이 있습니다
이 4차원의 길을 닦기 위해 나를 다 내놓는 사명의 발견!
이가 열린 법안의 본질입니다.

52 빈 방 있어요

지난 연말에 아동극을 하나 보았습니다

지능이 낮은 덕구란 아이가 여관의 현관을 지켰습니다

금방이라도 아이를 출산할 것 같은 산모 부부가 등장했습니다

성모 마리아님과 요셉이었습니다

요셉은 "빈 방 있어요? 빈 방 있어요?" 하며 다급해합니다

덕구는 머뭇거리다 힘없이 "빈 방 없어요."라고 합니다

덕구는 이 한마디 대사를 오래 연습하여 해낸 것입니다

그런데 이게 웬일입니까

대본에도 없는데 느닷없이 덕구가 뛰어나와

"빈 방 있어요. 빈 방 있어요."하며 여인을 꼭 붙듭니다

무대는 억박적박이 되었습니다

스텝들은 덕구를 원망하는데 이때 덕구는 머리를 떨구고

"내 방이라도 내어 주고 싶었어요." 하며 흐느낍니다

"빈 방 있어요. 빈 방 있어요."라는 덕구의 외침은

하늘이 내리시는 법어로 나에게 다가왔습니다

나는 지금 염불을 하고 있습니다

"빈 마음 있어요. 빈 마음 있어요."라는 염불송으로.

53 묻고 또 묻고
그리고 화두를 달라고

파리에 있는 유네스코 강당에서 대중들과 만남이 있었습니다

법문이 끝난 뒤 많은 질문을 받았습니다

문 ; "당신의 신앙생활에서 실천하고 있는 법 하나를

　　　아주 단순하고 명료하게 말씀 해 달라"

답 ; "모든 생명을 부처로 대하라는 법이다"

　　　머릿속으론 처처불상 사사부공을 생각하면서

문 ; "당신은 수행을 어디서 어떻게 하나"

답 ; "머무는 처소마다, 만나는 인연마다, 대하는 경계마다,

　　　나의 공부방이요, 나의 선방이요, 나의 법당이다"

　　　머릿속으론 무시선 무처선을 생각하면서

문 ; "당신은 동양에서 온 영적 지도자, 삼독심을 어떻게

　　　항복 받았는가"

답 ; "내가 그렇게 보이는가. 그렇다면 내가 유네스코에 와서

　　　위선을 많이 보였나 보군요. 부끄러운 일이군.

　　　나는 탐진치를 아직도~ 그러나 그 길은 알고 있다"

문 ; "그 길을 알려 주오"

답 ; "마음속으로 들어가야지 다른 길은 없다"

문 ; "마음속으로 들어가서 무얼 하면 되나?"

답 ; "진흙을 쳐내는 것이지. 진흙이 바로 삼독심이야"

천여대중이 환호하면서 화두를 주라고 청하였습니다
나는 화두를 하나 던지고 일어섰습니다
"몸에 낀 때는 물로 씻는데 마음에 낀 때는 무엇으로 씻나?"
그때 나는 서구인들의 간절한 눈빛을 보았습니다.

54   업業의 부모는 누구이신가

세상을 유상有常으로 보면 무량한 세계가 펼쳐져 있습니다

무상無常으로 보면 바뀌는 변화가 무상할 뿐입니다

무엇이 들어서 그런 변화를 일으킬까요

업이 들어서 모든 변화를 일으킵니다

업은 심신이 작용을 일으키면 절로 낳아지는 것입니다

그러니 업의 부모는 바로 '심신작용'입니다

아이를 낳으면 부모가 업고 다녀야 하듯

업도 끝내 업고 다닌다하여 업이라 부르는가 봅니다

아이를 낳아 놓으면 아이 스스로에게 힘이 붙습니다

업도 절로 힘이 붙으니 업력이라 부르는가 봅니다

청정심으로 낳은 업은 복락의 씨앗이 되지만

무명으로 낳은 업은 지옥의 씨앗이 됩니다

그가 일으킨 업은 나를 감옥에 가두는 힘이 있습니다

사방이 벽으로 된 감옥 말입니다

그래서 업의 장벽, 업장이라는 말이 생겼겠지요

사방이 가린 업의 장벽도 하늘은 보일 터

그 하늘마저 빼앗아 보자기에 싸버리니 이가 업의 보자기

업보, 칠흑 같은 감옥입니다

그 업의 보자기를 풀어낼 수 있는 이는 누구이신가.

55 대각개교절의 봄

봄입니다
꽃입니다
봄을 반기는 것은 모든 존재의 마음입니다
꽃의 아름다움을 사랑하는 것은
생명 있는 모든 이의 기쁨입니다
생명의 기운이 가득한 계절에
대각개교절을 맞는 것은 커다란 은혜입니다
노래여, 허공을 쌓는 이승만한 바람이여
한 송이 꽃이 핀다고 어찌 봄인가요
다 함께 피어야 봄이지요
함께 피어 온통 꽃밭이 되는 것이
함께 활활 불타오르는 것이
대각개교절의 봄입니다
꽃입니다.

56 성자 같은 지도자

무엇을 해줄 수 있는가를 고민하지 마세요
어떻게 사는가를 보여 주면 됩니다
가르치고 영향력을 주려고 하지 마세요
살고 나면 가르치고 영향도 받게 됩니다
명패에 신경을 쓰지 마세요
비문은 남은 이들이 새기어 만듭니다
머리에 남는 사람이 되려고 애쓰지 마세요
가슴과 영혼에 남는 사람이 되려면 말입니다
지도자 같은 성자를 찾기도 어렵지만
성자 같은 지도자를 만나기란 참으로 어렵습니다.

57 내면과의 처절한 싸움

기도는 자기를 제압하는 일입니다

내면과의 처절한 싸움입니다

스스로에게 칼을 들이대는 일입니다

중생이란 감정이 하라는 대로 하다가

허무하게 세상을 등지는 생명들입니다

감정의 노예로 죽고 나고를 번복하는 생명들입니다

기도를 제일 무서워하는 것은 무엇이겠습니까

기도를 제일 싫어하는 것은 무엇이겠습니까

마구니입니다. 왜 마구니는 기도를 싫어합니까

붙어 살 곳이 없어지기 때문입니다

진리를 향하여 소원을 세운 후 일심으로 정성을 올려 봐요

일백골절이 다 힘이 쓰이고

일천 정성이 다 사무치도록까지 말입니다

정당한 일에 못 이룰 일은 없습니다

그래서 오늘 아름답습니다

삶의 처연한 상처까지도 아름답습니다.

58 수행은
둥글게 갈고 닦는 작업

살면서 괴팍을 떨지 말아요

둥근 마음이 사람마음의 기본 바탕임을

날이 갈수록 절감하게 됩니다

한생에서 결국 남는 것이 무엇일까요

재산, 명예, 업적~ 그런 것들 다 한 깃털일 뿐입니다

이웃에 얼마나 둥근 마음을 쏟았느냐가 소중한 남음입니다

사람들은 그날그날 주어진 조건에

자신을 끼워 맞추려 애쓰다 세월을 허송합니다

공부하는 사람은 자신이 원하는 대로 화를 다스리고

생각을 제어하고, 그래서

언제 어디서나 둥근 마음이 되어 사는 사람입니다

수행은 토끼몰이입니다

거친 마음이 나다니는 길목을 차단한 채

그 마음을 잡으러 가는 사냥입니다

수행은 나를 둥글게 갈고 닦는 작업입니다

나에게로 돌아가는 기회입니다

구비마다 불거지는 모난 마음은 둥글게 태어나고

이윽고 그 안에 맺힌 은혜도 보게 될 것입니다.

59   입이 큰 농어

박제되어 있는 '입이 큰 농어'
그 밑에 글이 적혀 있습니다
'내가 입을 다물었다면 난 여기에 있지 않을 것이다'
말은 생각을 형성하고 생각은 행동을 결정합니다
행동은 인생을 만들어 가고요
내가 그 누군가에게 "당신은 잘할 수 있습니다"
"당신은 훌륭합니다"라고 칭찬을 할 때
상대방은 물론 자신마저 유쾌한 상태가 됩니다
그 말에 어울리는 행동을 나부터 만들어 가게 됩니다
상대를 칭찬하는 일은 자신을 축복하는 일이 됩니다
그러나 칭찬과 살리기가 다가 아닙니다
과잉 칭찬 속엔 자신의 비굴함이 숨어 있고
과잉 살리기엔 자신의 망상이 숨어 있기 때문입니다
오히려 무심하기 때문에 더욱 고귀하고
입이 없기에 존경을 바치는 경우가 크기 때문입니다
청허당淸虛堂도, 고기가 움직이면 물이 탁해지고
새가 날면 깃털이 떨어진다 했습니다.

60 일원상一圓相 같이 마음이 둥글면

일원상과 같이 마음이 둥글게 되었다는 것은
온 세상이 하나임을 알게 되었다는 것입니다
나의 몸과 삼라만상의 몸이 평등하여
하나(無二)임을 알게 되었다는 것입니다
둘이 아닌 한 모습의 상태를 일상삼매一相三昧라 합니다
한 길로 가는 모습의 상태를 일행삼매一行三昧라 합니다
삼매의 본질을 진여眞如라고 합니다
마음이 일원상과 하나가 되었다 함은
삼매의 본질 곧 진여와 같은 마음이 되었다는 뜻입니다
그 마음을 맑은 마음(淨心) 밝은 마음(明心)이라 합니다
이 마음을 확산하는 사람이 활불活佛입니다
활불은 수많은 종류의 삼매(無量三昧)를 확산합니다
맑고 밝은 마음이 둥근 마음의 본질입니다
이 마음은 다른 사람으로부터 고통을 받는다 해도
보복할 생각을 품지 아니하게 됩니다
이익과 손해, 괴로움과 즐거움도 다 초월케 되어
어떠한 영향도 받지 아니하여 온전하게 됩니다
일원상과 같은 둥근 마음이 아름다운 마음입니다.

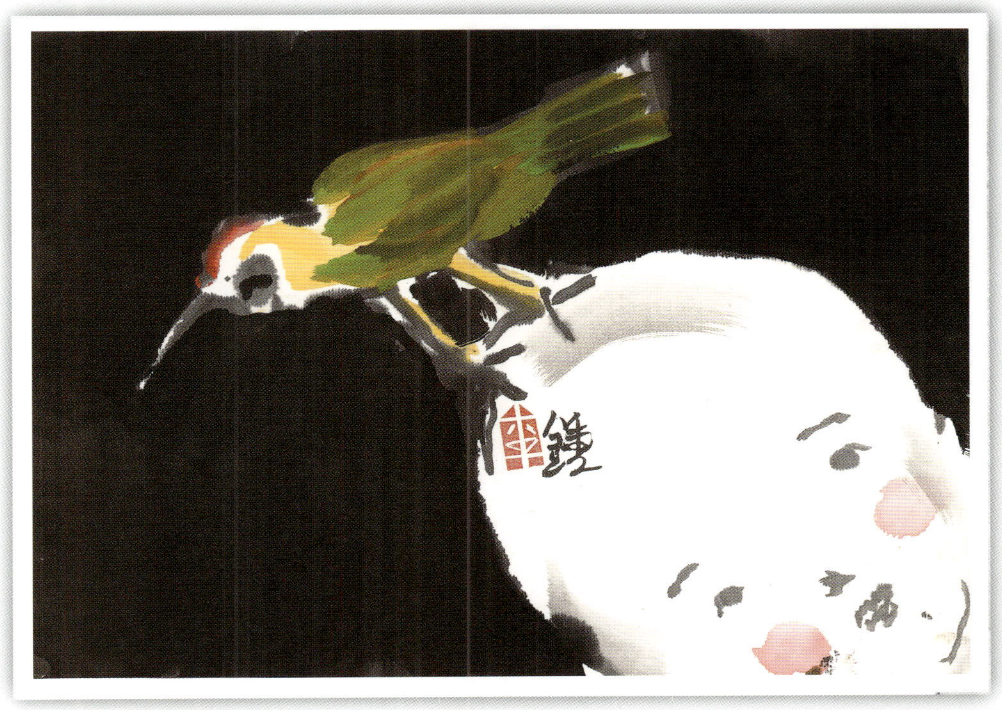

61 자신할 만한 타력을 얻어내 봐요

원하는 바를 이루려면 기도를 하세요
기도는 자신할 만한 타력을 얻어내는 일입니다
기도하는 덴 방해요인이 많습니다
그 첫째가 자신을 하잘 것 없는 인생으로 여기는 것입니다
이런 어둔 생각엔 기도의 위력은 없게 되지요
자신이 본래 부처인 것을 믿어야 합니다
저에겐 할 일이 많습니다. 도와 주세요. Help Me!
이 험난한 사회에서 나날을 살아가려면
법신불 사은님의 도움 없이는 저는 너무나 연약합니다
살려주시고 도와달라고 적극적으로 기도를 하세요
불법은 자각의 종교라며 이를 우습게 아는 사람도 있지만
그것은 원만구족한 불법의 진수를 모르기 때문입니다
다만 그 도와 주실 분이 어디 있느냐라는 게 문제입니다
밖에 있다고만 생각해서는 아니 됩니다
내 안에도 있다고 생각하면 그가 불법을 제대로 안 것입니다
행복도 인격도 인간의 아름다움도 내 안에 있음을
내가 이렇게 삭막하게 된 것도
내 안을 아름답게 가꾸지 못하였기 때문임을 아는 순간
기도의 위력, 법신불의 위력, 타력은 나를 환하게 해 줍니다 .

62 사람들은 무엇을 원하는가

사람들은 누구나 무엇을 원하고 있습니다
모두가 성공하기를 원합니다
그리고 그 성공으로 인해 행복하기를 원합니다
다 원하고 노력하지만 행복한 이는 많지가 않습니다
성공한 사람을 보면 한결같이 시간관리에 치밀합니다
그러나 더 크게 성공한 사람은 방향관리가 적중합니다
시계를 가진 사람은 근면하여 성공합니다
거기에 나침반까지 가진 사람이면 더 크게 성공합니다
망망대해에서 방향을 잡아 주는 나침반 말입니다
깊고 험준한 산에서 꺼내게 되는 나침반 말입니다
방향을 잘못 잡은 인생은 노력하면 할수록 위험합니다
등산을 해본 사람은 다 압니다
한번 길을 잘못 들여 놓으면 어떻게 된다는 것을
성공적인 인생, 행복한 인생을 살고 싶지 않습니까
'정전正典' 으로 나침반을 삼아 보세요.

63 곧장 마음으로 들면 되는 것

나의 신앙생활은 모든 생명을 부처님처럼 존중히 하는 것입니다
이 세상에 하늘에서 뚝 떨어진 돌 콩은 하나도 없습니다
만유가 만유에게 주고받으며 여기 그리고 거기에 있는 것입니다
일체를 그 일 그 공간의 주인공으로 섬김이 나의 신앙생활입니다
나의 수행생활은 네가 너를 다스려야 된다는 것입니다
자기가 자기를 다스리면 아무 문제가 없습니다
수행은 자기를 다스리는 힘을 양성하는 것입니다
잠시도 어긋나지 않게 일심으로 운전함이 나의 수행생활입니다
나는 말합니다
신앙과 수행은 마음속으로 들어가야지 딴 길은 없다고
낙원과 지옥도 다 자신의 마음속에 있는 것이라고
마음이 보물로 가득 찬 창고임을 알면 그것이 견성이라고
여기저기에 무엇이 있나하고 두리번거릴 것이 없다고
곧장 마음으로 들면 그게 진면목眞面目에 이르는 길이라고.

64 관속에서 나오는 껄 껄 껄 소리

연전에 어느 산사에서 모임이 있었습니다
원로들의 모임이라 우스갯소리 모두가 법문이 됩니다
요즘 관속에서 "껄 껄 껄"하는 소릴 자주 듣는다 했습니다
관속에 들어서야 후회한다는 말씀이었습니다
생전에 "참을 껄, 베풀 껄, 즐길 껄" 한다는 것입니다
우리는 한바탕 크게 웃고 소창은 했지만.
나의 관속에선 어떤 껄 소리가 나올까를 생각했습니다
첫 번째 소린 "더 잘 모실 껄"이 될 것 같았습니다
곳곳에 부처님 아님이 없었는데 하면서
두 번째 소린 "더 일심으로 할 껄"이 될 것 같았습니다
곳곳이 선방 아님이 없었는데 하면서
세 번째 껄 소린 "더 넉넉하게 할 껄"이 될 것 같았습니다
공부의 진수는 마음공부인데 하면서 말입니다
오늘 내 죽어서 껄 껄 껄 하며 후회하는 삶을 미리 보았으니
이는 내 영생을 위하여 참으로 다행한 일입니다
오롯이 합장하고 참회문을 외워 봅니다.

65 무간無間지옥

70 이상 노부부만 등장 하는 한 오락 프로를 보았습니다
게임은 네 글자로 문장을 만드는 내용이었습니다
한 부부에게 '천생연분' 이라는 문제가 주어졌습니다
할아버지가 이말 저말을 다 동원하여 설명합니다
할머니는 동문서답만 할 뿐이었습니다. 시간이 끝날 무렵
할아버지가 "당신과 내가 몇 년간 함께 살았지?" 하자
할머니가 "50년도 더 되었지" 하신다
할아버지는 그렇지 하며 "우리와 같은 사이, 네 글자?"는
할머니는 알았다며 '평생원수' 라고 답을 내놓는다
절로 웃음이 터져 크게 한번 웃었습니다
그런데 시간이 흐르면서 마냥 웃을 수만은 없었습니다
50년을 함께 살고도 원수가 되는 사람들은 없을까?
요즘 실버 이혼이 흔하다는 소문은 사실인가?
한 일터 한 일꾼이라며 한 법 아래 사는 이들은 어떤가?
사이가 없는 곳에 바로 지옥이 펼쳐짐을 알아야 합니다
가슴이 뻥 뚫린 듯한 아, 허전한~, 무서운 지옥이여.

66 하늘 향해 웃으셨다

할멈이 할아범 등에 업혔습니다
할멈이 정겨워하는 말 "나 무겁지?" 하니
할아범도 "그럼 무겁지!" 하며 즐거워하신다
할멈이 "왜 이렇게 무겁지?" 하니
할아범은 능청스럽게
"머리는 빈틈없이 꽉 차 있지, 손발은 철판이지,
 간은 부었으니 그렇지 뭐" 하는 순간
둘이는 자리에 푹 쓰러져 배꼽을 움켜쥐고
하늘 향해 웃고 웃고 또 웃으셨다

이번엔 할아범이 할멈 등에 업혔습니다
할아범이 정겨워하는 말 "나 가볍지?" 하니
할멈도 "그럼 가볍지" 하며 즐거워하신다
할아범이 "왜 이렇게 가볍지?" 하니
할멈은 능청스럽게
"머리는 텅 비었지, 입은 아예 없어져 버렸지,
 허파엔 바람만 들었으니 그렇지 뭐" 하는 순간
둘이는 자리에 푹 쓰러져 배꼽을 움켜쥐고
하늘 향해 웃고 웃고 또 웃으셨다.

67 "꿀 꿀"이 인간의 말로는 무슨 뜻인가

연초에 황금돼지왕이 꿈에 찾아왔습니다

헤아릴 수 없이 많은 황금돼지 가족을 거느리고 말입니다

너무나도 눈부신 황금 옷들을 입고 있었습니다

그 분위기가 어찌도 장중하더니 황홀기만 하였습니다

황금돼지왕은 말했습니다

오늘 당신을 찾아 온 것은 인간들이 우리 해족^{亥族}들을

수천 년 간 우리에 가두고 취할 것만 취하더니

금년에 들어선 수백 년 만에 한번 오는 황금돼지의 해라며

큰 복 받겠다고 야단들이니 안타까워 왔다는 것입니다

그러면서 돼지들이 우리에 갇혀 수천 년 부르고 있는

자신들의 노래 "꿀 꿀"을 제대로 번역하여 노래하는 자에게

큰 복이 찾아갈 것임을 알려 주러 왔다는 것입니다

"꿀 꿀"은 인간의 말로

"좋아 좋아, 그래 그래, 암 암"이라는 것입니다

제발 인간들도 "좋아 좋아"의 노래를 불러보라는 것입니다

그러면 인간 세상도 편안해지리란 것입니다

왜 나를 찾아왔느냐고 물었습니다

꿈을 독차지 아니 하고 널리 팔 사람을 찾았다는 것입니다

꿈을 깨고 생각해도 개꿈은 아닌 듯했습니다

68 이야기 맛이 나는 이야기

이야기 중에도 아름다운 이야기가 이야기 맛이 납니다

지순한 사랑의 이야기가 아름다운 이야깁니다

용서하는 이야기가 아름다운 이야깁니다

선한 가치에 헌신하는 이야기가 아름다운 이야깁니다

어려운 이웃을 아파하는 이야기가 아름다운 이야깁니다

불행한 이들과 아픔을 나누는 이야기가 아름다운 이야깁니다

왜? 아름다운 이야기를 못 만드는 것입니까

왜 슬픈 이야기, 추한 이야기

부끄러운 이야기만을 만들어 가게 되는 것입니까

설령 100년을 산다 해도 아름다운 이야기만을

만들어 가기엔 너무 짧지 아니 합니까

행복한 인생, 후회 없는 인생을 원한다면

아름다운 이야기만을 만들어 가면 됩니다

이제부터라도 아름다운 이야기 모음집 같은

인생을 가꾸어 가도록 하면 됩니다

인생은 추억 쌓기. 아름다운 추억만을 쌓아야 합니다

생명 있는 것이 원불^{圓佛}처럼 보이면 그리 될 것입니다.

69 두 분 스승님께 비문을 적어 바칩니다

오늘 중앙 일간지에 커다랗게 난 기사를 보았습니다
100세를 바라보는 스승님에 관한 기사였습니다
그 분에 관한 칭송의 말씀들로 가득하였습니다
기자가 인터뷰를 마무리하며 한 말씀을 청했습니다
"나는 그렇게 칭송을 받을 사람이 못 됩니다"
"사람들은 말을 붙이기를 좋아합니다"
그분의 응답은 단 이 두 마디였습니다
98세, 상산常山 원로님의 말씀입니다

역시 100세를 바라보시던 원로 스승님이 생각납니다
원불교 교단 창립에 으뜸가는 주인공이셨습니다
열반을 앞두고 한 말씀을 청하는 시자들에게
"나는 아무 일도 한 일이 없습니다.
 여러분께 상을 주고 싶습니다.
 가서 편히들 쉬세요. 이것이 상입니다"
96세, 구타원九陀圓 원로님은 이렇게 열반에 드셨습니다
오늘 저는 두 분 큰 스승님께 비문을 적어 올립니다

"나는 그렇게 칭송을 받을 사람이 못 됩니다"
"나는 아무 일도 한 일이 없습니다"라는 비문입니다
'나'가 없어서 천하가 바로 '당신님'이 되신 두 분 스승님!
제 마음은 허공을 향해 날갯짓을 힘차게 합니다
마음이여, 가난한 생각 하나로는
이 아득한 허공을 지킬 수가 없구나.

70 도미^{道味}가 나는 말씀들

'나'가 없으니 '나' 아님이 없구나

無我無不我 무아무불아

'내 집' 없음에 '내 집' 아님이 없도다

無家無不家 무가무불가

대산^{大山} 종사의 법문입니다

법신불은 빛도 없고 덕도 없음이라

法身無光亦無德 법신무광역무덕

속됨도 없고 상도 끊어진 일원 춤을 추라

無俗絶相一圓舞 무속절상일원무

경산^{耕山} 종법사의 법문입니다

삼천 배를 해야 자리를 허락하시던

성철^{性徹} 큰 스님, '종정^{宗正}' 자리에 올라

TV에서 첫 인터뷰를 가졌습니다. 거두절미하고

"앞으로 내 말에 속지들 말레이."

기자가 "됐습니다. 말씀을 시작하세요" 하니

"다 했다. 이놈아." 하고 인터뷰는 끝이 났습니다

나로 하여금 도미^{道味}를 즐기게 해주는 법문들입니다

도미는 가치 있는 일을 즐겁게 하는 에너지입니다.

71 인생과 종교공부

결국, 나는 하늘을 만나기 위해 인생을 살았더라고요
결국, 나는 하늘마음을 알기 위해 종교를 했더라고요

하늘, 그 하늘마음이 사람의 본디마음입디다그려
하늘에 죄를 지으면 기도할 곳도 없게 되지요
손바닥으로 하늘을 가리려 하지 말아요
해찰한 일일랑 깊이 참회하고 끝까지 책임을 지면 되니까요
하늘을 만나, 하늘마음을 안 이, 그를 '참나' 라 하지요
참나가 되면 그때의 나는 이미 나만이 아니게 됩니다
내 속에 나 아닌 다른 존재가 살게 되지요
덕德이란 것이지요
덕은 인생과 종교사리의 결산이요 알맹이랍니다
하늘 그리고 하늘마음과 내가 하나된 증거이고요

결국, 절대 가치는 하늘이자 나의 본디마음, 원불圓佛이고요
결국, 나를 자유케 하는 것은 하늘마음씨 덕이란 마음씨랍니다.

72 겸겸謙謙하면 승승勝勝의 가치가

겨우내내 솔잎 닮아 청청히 산다지만

이 겨울, 자기만 이기고자 하는

인간의 자만심을 도처에서 봅니다

목적만 달성하면 된다는 사고가 만연되어 있습니다

인류 모두에게 가슴 아픈 일입니다

구성원이나 공동체에 활력을 불어 넣어야 합니다

구성원 모두가 승승勝勝의 관계가 되어야 가능합니다

서로가 버림의 대상이 아닌 가치실현의 동반자이어야 합니다

너와 내가 겸겸謙謙의 관계가 됨이 그 바탕입니다

너와 내가 겸겸하면 승승의 가치가 실현되기 마련입니다

함께하는 장이 투쟁과 술수의 장이 아닌

합의와 대의를 실현하는 장이어야 건전한 것입니다

우리 사회에 안타까운 일들이 많지만 참으로 안타까운 일은

다른 사람을 이기는 사람은 많으나

자기를 이기는 사람은 적다는 것입니다

공동체가 껍질만 있지 알맹이가 없는 이유입니다

자기를 알고 자기를 이기는 것이 건전사회의 기초입니다

일단 눈을 감고 밖만 보던 시선을 쉬도록 해야 합니다.

73 '평화'는 정신세력이 낳은 문화

바다에 떠 있는 배는 반드시 목적지가 있습니다
목적지 없이 표류하는 배는 난파당하고 맙니다
난파당하지 않으려면 표류하지 아니해야 합니다
사람도 목적지가 있어야 표류하지 아니합니다
먹고 노는 맛은 식물이나 동물도 가질 수 있는 맛입니다
가치 실현의 맛, 이는 사람만이 가질 수 있는 맛입니다
이 맛에 재미를 붙이는 이들이 많이 나와야 합니다
진리를 진지하게 찾아 나서는 당신이 되어야 합니다
그리고 치연熾然이 도전을 하여야 합니다
학문을 닦고 사업을 하여 큰 이름을 얻었다 하여도
정신이 닫힌 사람은 어디에도 쓸모가 없게 됩니다
비정신적인 세력에 무릎을 꿇지 않아야 합니다
끝까지 정신의 세력을 확장하는 올곧음으로 서야 합니다
정신의 세력을 확장하는 사람들이 모여 만드는 문화!
그 문화가 '평화'라는 문화입니다
평화! 정신을 개벽코자 하는 이들의 목적지입니다.

74 산과 물을 따라갑니다

사람은 누구나 자기 안에 산을 가지고 있습니다
사람은 누구나 자기 안에 물을 가지고 있습니다
마음속의 산을 찾을 때 사람은 산처럼 존엄해집니다
마음속의 물을 찾을 때 사람은 바다처럼 넉넉해집니다
이제 나는 내 안에 있는 산과 물을 따라갑니다

가다가 가다가 마음에 다가오는 상념일랑
선심禪心과 시심詩心으로 노래하며 동무하렵니다
일체를 선용하는 마음만 지니고 걸으면 됩니다
겹겹의 산과 흐르는 물은 고향의 진면목眞面目입니다
이제 나는 내 안에 있는 산과 물을 따라갑니다.

[맺음말]

'심무사心無事 사무심事無心'
마음은 걸리는 일이 없어야 즐겁고
일은 사사로운 마음이 없어야 깨끗하다는 말씀을
가슴에 심은 지 오래이지만
한 가지 일을 매듭질 때마다
천년을 말없이 서 있는 돌탑이 다가와
그 날개에서 울리는 풍경소리가 들리고…
나는 다시 옷깃을 여미게 됩니다.

    기꺼이 출판을 감당해 준 김덕영 사장에게
    편집에 정성을 다해 준 김경택 실장에게
    글귀를 다듬고 교정도 봐준 장재훈 작가에게
    그리고 그림을 합해준 이종만 화백에게
    마음을 다해 깊은 감사를 드리면서
    이 화백의 마음과 교단을 향한 나의 마음을 담아
    이 책에서 얻어지는 인세 모두를
    교무님들의 치료비를 감당하는 법은法恩재단과
    군軍 교화사업회에 올리기로 합니다.

오늘, 말없이 그렇게 서있는 그 돌탑, 그 풍경소리가
심무사불心無事佛로, 사무심불事無心佛로 심묘하게 걸어옵니다.

인쇄 2007년 9월 20일 / 발행 2007년 9월 25일 / 저자 조정근

펴낸곳 도서출판 동남풍 / 펴낸이 김영식 / 등록번호 제66호(1991. 5. 18)

주소 전북 익산시 신용동 344-2 전화/ 063)854-0784

ISBN 978-89-86065-64-0

값 9,800원

이 책의 판매수익은 법은재단과 군 교화사업에 쓰여집니다.